FLEURS SAUVAGES

Seul et libre
accomplir sa mission
ALFRED DE VIGNY.

PARIS.

JULES TARIDE, LIBRAIRE ÉDITEUR

Rue Marengo 2

MDCCCLX.

FLEURS SAUVAGES.

Angoulême , imprimé chez ARDANT JEUNE, place Marengo, 33.

FLEURS

SAUVAGES

D'ABEL JANNET

Seul et libre accomplir sa mission.
(ALFRED DE VIGNY)

PARIS

JULES TARIDE, LIBRAIRE-ÉDITEUR
Rue Marengo, 2.

MDCCCLX

A UNE CONSCIENCE

Les protestations ont menti, et tu ne fatigues plus tes illusions à chercher des amitiés et des convictions; mais ta Foi reste debout dans son inaltérable générosité au milieu des ravages de la grande lèpre. Elle n'a pas même de mépris pour ces lâches prétextes de l'épreuve, qui ont trop d'une première meurtrissure et ne trouvent dans leur faiblesse que de la négation. Elle s'est dit, devant tant de pantins, que l'Egoïsme fait mouvoir par des fils différents : j'appartiens au devoir, et le vrai courage n'est pas tant de voir la mort en face, que de regarder la vie ; la lutte c'est la sanctification.

Maintenant que tu as quitté les méprisables colifi-
chets de l'amour-propre, et que tu t'es vue dans ta pure
et saine nudité, tu marches au but, sans te dire
qu'Aujourd'hui regarde sans comprendre tes efforts, et
que Demain ne songera seulement pas à ton abnéga-
tion. Si on croyait à quelque chose, et si le malheur
ne t'avait rendue insensible à l'éloge comme au blâme,
je ferais de mon enthousiasme une réclame à ta vertu;
car je te suis fidèle, comme au culte adopté.

Voici toujours des fleurs que j'ai ramassées, en marchant sous les préoccupations assez lourdes de l'exis-
tence matérielle; feuilles, épines, boutons, je t'offre
tout cela pêle-mêle, certain que tu l'accepteras puisque
tu m'aimes. Tu sais d'ailleurs que je me soucie mé-
diocrement d'arranger des bouquets quand les cher-
cheurs de rimes passent, le cœur vide et le front dé-
daigneux, devant la passion vraie; et trouvent des
amis qui jettent, au profit de leur orgueil, des cailloux
au rythme et à l'originalité, qui sont les jambes de
la Poésie et à l'intention et l'émotion qui en sont
la tête et le cœur.

———

SUR LE TALUS.

Qu'on ait fait rire une heure au cirque où la foule entre
L'Egoïsme, courbé la tête sur son ventre,
Qu'on ait pris une larme aux géants étendus
Pour la résoudre en pluie au bruit sec des écus,
Qu'avec d'étroits ciseaux on ait coupé les ailes
Des vautours, égarés parmi nos hirondelles,
Lumignon cru soleil, on dit : j'ai mérité
Du respect, du pays et de l'humanité.

O géante nation dans ce siècle ! O patrie !
Epée et torche en main, frappe la barbarie ;
Mais ne regarde pas à tes pieds : la laideur
A l'ombre de ta robe effraierait ta pudeur !
Pense et combats toujours le front haut ! nul ne s'use
A nouer à son fouet les cheveux de Méduse ;
Et dans l'indifférence, où le présent s'endort,
Le fumier de l'orgueil sert de tombe au cœur mort.

Esprits fiers éteignez vos flambeaux dans la boue !
Les renards sont amis et les paons font la roue.

VIII

O dompteurs, énerveurs, esprits châtrés salut !
La stupidité seule a son culte et son but.
Heureux poètes, nés de la réminiscense,
L'Epoque hermaphrodite aime assez l'impuissance :
Passez ! la porte est basse et le journal est grand.
On ne se heurte plus — en se rapetissant.

Embrassez-vous, riez, triomphateurs vulgaires,
Et regardez toujours à bas ! les yeux austères
Ne pourront déchiffrer l'étoile du ciel bleu,
Lettre d'un évangile où l'on trouve encor Dieu :
Le nuage, formé dans ces temps gris, la couvre.
Hélas ! le mal du Siècle entre au front pur, qui s'ouvre
En attirant à lui le sang du cœur à flots ;
Et le Siècle n'a pas de pierre pour ses os.

Le bout d'un pistolet, Enfer ! c'est ton visage.
L'homme lance au néant son crâne comme un gage ;
Il a raison, Malheur ! — Il a tort, Vanité !
O déesse à toi l'âme et la société !
Le vrai pasteur se tait ; le faux parle, on l'écoute.
Son dégoût voit le mal sans en lever la croûte ;
Lâche, il laisse le doute au front, l'ulcère aux reins. —
Poètes ! sommes-nous prêtres ou sacristains ?

Nous sommes guérisseurs : en amour comme en haine,
Nous versons notre sang sur la douleur humaine ;
Car le vers, baume ou lave, a ses sources au cœur
Comme l'Etna sa flamme et l'arbre sa liqueur.
Poète ! aime, ou plutôt — puisqu'on dit que tu jongles —
Dans le masque du Vice arrache-toi les ongles !
Mords ! sa chair n'est pas plus sensible au laid qu'au beau,
Mais tes dents écriront sa honte dans sa peau.

IX

Et dusses-tu mourir de ta colère ardente,
En voyant s'applaudir la nullité rampante,
Déchire! Un fier vaincu fait rougir le vainqueur;
L'Avenir met à nu le vol et l'impudeur. —
Si la lèpre du jour empoisonne la terre,
Les vents de temps en temps dépurent l'atmosphère;
Si la ville, où le bien étouffe sous le mal,
Salue encor Tibulle, elle attend Juvénal.

L'AIGLE DE SOLFERINO.

A M. V. VALLEIN.

Anch'io sono pittore!
(LE CORRÈGE.)

I.

Oui, nos reins ont ployé quand tomba le grand homme :
Ce jour-là notre gloire était d'un poids, que Rome
N'aurait pas soutenu sous ses plus forts géants.
L'Europe s'effraya de son triomphe même ;
Car il restait à vaincre un ennemi suprême
    Qui reposait depuis vingt ans.

Aussi fit-elle vite avec la Défaillance
Ce traité, que d'un air de placide espérance
Le Samson de Valmy les regarda signer. —
Nos ports silencieux, chaque roi mit à l'ancre ;

La Paix quarante-trois ans laissa jaunir son encre.
      Mais lasse enfin de s'indigner ;

La France, dont l'honneur sur d'autres lois se règle,
D'une plume arrachée à l'aile de son aigle
A su s'ouvrir la veine et, puisant dans son bras,
Raturer de son sang une honte muette,
Que l'Etranger peut prendre à notre bayonnette,
      Si sa ligue ne nous craint pas !

Vieux parchemin, rongé par l'impuissant Civisme,
C'est donc la Liberté, mère de l'héroïsme,
Qui te met en morceaux pour bourrer nos fusils ?
Tu sers entre nos mains d'enveloppe à sa poudre,
Et l'orgueil ennemi respecte sous la foudre
      Les pères vengés par les fils.

Ses cinq balles au front, qu'il rêve sur ta cendre
Au vent qui te balaie, au sang qu'il fait répandre,
Aux peuples que l'on croit pour toujours au tombeau ;
Et qui, lorsque le Droit frappe du pied leur pierre,
La brisent, pour venir d'une main forte et fière
Souffleter les tyrans des plis de leur drapeau.

Au pied de notre gloire ah que la feuille morte
Nous fit rougir ! Salut au néant qui l'emporte :
Puisqu'il n'est en ce cas qu'un aquilon vengeur !
Salut ! il valait mieux sous sa nouvelle trombe
Que le ciel étendit le Français dans la tombe
Que de le laisser vivre avec ce poids au cœur.

Salut ! de ce chiffon nos pieds font de la boue ;
Notre main droite frappe, et la gauche décloue
Un grand peuple collé dans le sang de sa croix. —

Silence Autels, faux Dieux, dur Passé, Haine ; Envie :
Paris sur Pétersbourg lancerait Varsovie !
La Liberté, phénix, couve au milieu des rois.

Ce peuple, en trois brisé pour entrer dans la tombe,
Vit : le cœur reste intact. Les bourreaux et les vers
N'ont point sucé son sang en lui rongeant les chairs ;
Et son squelette peut, sur l'aile d'une trombe,
Retrouver ses tendons glacés dans les déserts :
— La vie est dans la mort, la mort a l'espérance.—
Son battement attend l'oreille de la France
Qui veille, la giberne et le cœur pleins, — Silence !

Toi qui donnes ton sang quand l'Etranger se vend,
Mère de l'avenir, ô sublime Patrie !
Peuple qui se fait christ, ce fut un beau moment
Quand tu lâchas ton aigle au front de l'Italie ;
Et que celui-ci, prompt comme un éclair vengeur,
Agita, frémissant, nos couleurs dans sa serre
Et tomba sans planer cinq fois, sur cette terre,
En ramenant toujours avec son bec vainqueur
Sa plume sur sa plaie à masquer sa douleur.

II.

Oh ! la dernière fois ce fut terrible. — Histoire,
Des gouttes de son sang fais ta page de gloire !

Les simouns ennemis avaient, soufflés par Dieu,
Déployé dans la nuit leurs quatre ailes de feu.
Solferino tremblait plus fort que les sodomes ;
Car l'orage, ruant quatre cent mille atômes,
T'apportait, Liberté ! ton crêpe ou ton drapeau

Pendant que tu guettais le front hors du tombeau.
Le soleil, œil du ciel chaud de ses veines bleues,
S'ouvrit pour regarder les hydres de cinq lieues
Dénouer de leurs troncs quinze boas bleus, verts,
Rouges, blancs, sombres tous et de fusils couverts.
Du cou de chaque monstre un sifflement de balles
Sort ! les voilà rampant sur leurs lignes fatales,
Tournant et s'avançant pour s'abattre d'un bond,
Leur empereur au ventre et leur devoir au front;
Mais l'élan est trompé dans le choc, les corps glissent.
Le sang-froid se retourne en nœuds qui se roidissent,
S'enlacent pour se tordre à se broyer les reins :
C'est la mêlée. On veut s'étouffer, efforts vains !
La vigueur lutte avec la vigueur, le courage
Tombe sous la fureur, la rage étreint la rage.
Les mouvants bataillons, comme des os tordus,
Craquent, et sont brisés sous les efforts tendus.
On se broie, on se brûle à la haine, qui mêle
La sueur qui rougit sous le sang qui ruisselle.
Ce tourbillon hérisse au front des désespoirs
La bayonnette et l'homme et la crosse en flots noirs.
La lame aux baisers froids entre au corps, sa colère
Etincelle partout sur la veine et l'artère.
Les dents d'acier, mordant les écailles de fer,
Les enlèvent avec de grands lambeaux de chair.
Une haleine de poudre enflamme les narines,
Et les gueules, s'ouvrant jusqu'au fond des poitrines,
Laissent voir des canons qui crachent des boulets.
L'Armée en s'étreignant bave un sang plus épais ;
Des deux côtés son cœur se gonfle ; la furie
Fait panteller les chairs sur le muscle, qui crie.
Sa gorge vomirait tout un enfer mortel ;

XIII

Si ses langues de feu pouvaient lécher le ciel ;
Mais la mitraille en sort tristement invisible
Et la Mort frappe à bas.—Cette faucheuse horrible
Tout le jour se fatigue à couper chaque rang
Pour avoir jusqu'au cou le soir un bain de sang.
. . . .
Le combat s'affaiblit en bas ; mais la colère
Lutte en haut ; et les vents, eux, continuent la guerre ;
C'est l'ouragan. Après l'homme les éléments.
Le vaincu sous leur aile a retrouvé ses sens ;
Sur des tronçons d'acier et d'hommes il se traîne.
— Le tendon est rompu, le nerf se meut à peine —
Il se roule pour fuir, il tremble, il souffre, l'air
Fait frissonner le mal dans le nu de sa chair.
Il ne lui reste plus que de rares écailles,
Tant son vainqueur en a brisé dans cinq batailles ;
Et son œil qu'allumaient les éclairs de son cœur
Se ferme, fasciné, de crainte et de douleur. —
Pâle, il sent lourdement la Liberté divine
Lui poser pour grandir un pied sur la poitrine ;
Et pousser, formidable, un cri qui fait rugir
Le lion de Saint-Marc encor prêt à bondir.

Comme un large drap noir sur la souffrance accrue,
La nuit des mains de Dieu tomba toute tendue
Pour servir de suaire aux froids morts sans cercueil.
L'Aigle français veilla les siens, front sous le deuil.
Hélas ! il eut alors des tremblements funèbres :
Car l'œil de la Douleur sait percer les ténèbres ;
Et son cœur regardait fuir sur ce champ mortel
Du sang : aimant du sol l'âme : éclair pris au ciel
Et rendu dans le choc du fer avec la vie. —
Ce champ d'hommes après seize heures de furie

XIV

N'était plus qu'un amas de sabres en tronçons ,
De crânes entr'ouverts sur des membres sans troncs,
De torses renversés sur des jambes coupées ,
De mains froides rivant encore leurs épées ,
De fusils en morceaux , de bras cassés comme eux,
De fronts pâles , noircis , farouches , radieux.

. . . .

Il mesura d'un coup sur l'effrayante plaine
Cette convulsion de la douleur humaine
Profonde , large , horrible ; il eut froid , la terreur
Goutte à goutte filtra dans le sang de son cœur.
Il entendit parler la bouche des blessures ;
Et les anges , ouvrant leurs larges envergures ,
Lui battirent le front , en emportant au ciel
La bravoure épurée au baptême mortel.

III.

Alors dans l'ouragan et derrière un nuage
Dieu , que l'homme ravale à sa petite image ,
          Parla , terrible , à son esprit.
Il disait : qui donc plaint la souffrance d'une heure
Quand son pays grandit d'un siècle ? qui donc pleure ?
          — Le douloureux Progrès sourit ;

Il bat des mains : ton jour est beaucoup dans son œuvre.
N'as-tu donc pas compris qu'avec ce grand manœuvre
          On fait crouler pour rebâtir ,
Et que son vieux cachot contenant la lumière
Promise aux nations, sœurs qui se font la guerre ,
          Est lent et dur à démolir?

La masure du moins perd une pierre encore ;
Et c'est une fissure au pur rayon , qui dore
      Les fronts des peuples rembrunis.—
Pour mon autre édifice il faut prendre aux royaumes ;.
Les fondements sont faits avec des crânes d'hommes
      Que le cœur sublime a fournis.

Hélas ! c'est le destin : la terre est insensée.
Les larmes et le sang servent à la Pensée
      Pour pétrir son nouveau ciment.
Je brasse le mortier des chairs avec mon glaive.
C'est avec des douleurs , des débris qu'on m'élève
      Un saint et dernier monument.

Ce travail inouï grandit sous l'Espérance ;
La Liberté travaille aux assises , la France
      Tient la truelle entre ses mains. —
O peuples ! non content de vous tracer un temple,
Ce peuple fait servir sa gloire et son exemple
      Au labeur rêvé pour demain.

Qui se tait ? les tyrans. Qui murmure ? l'Envie.
Aveugles ! des troncs morts il sort une autre vie
      Au sol de la fraternité.
Ma gigantesque église est pour toute la terre ;
Je prépare l'hostie, et je veux comme père
      La donner à l'humanité.

Aigle ! je comprends bien ta souffrance ! tu pleures
Avec l'amour, qui fixe un drap noir aux demeures
      De ceux que je ramasse ici.
Sois fort ! ton ennemi, les deux cous dans ta serre,

Etouffe ; car ton ongle a tordu sa colère
          A lui faire crier merci.

Ses deux fronts, aplatis d'un coup sur un sol libre,
Pantellent sous ta force, et leur orgueil ne vibre
          Que comme un instrument brisé.
Cet espoir insultant du lieu sûr et du nombre
A l'éclair de tes yeux s'éclipse dans son ombre,
          Et tombe en fuyant écrasé.

Sois fort ! le sang qui fume est un encens qui monte ;
Il faut de ces vapeurs pour effacer la honte
          Que laisse un pouvoir oppresseur.
Sois fort ! en se dressant maintenant ta Patrie
Peut dominer l'Europe égoïste et flétrie
          De son buste, — à partir du cœur.

La voix tomba, le jour surgit. L'Aigle en silence
Prit son vol, et revint s'abattre sur la France.

IV.

Et maintenant Paris, Mère ! s'il est ton cœur,
Peut s'ouvrir dans l'orgueil de toute sa largeur.
A tes arcs-de-triomphe, où vont passer nos frères,
Les partis un moment suspendent leurs colères ;
Cœurs, fronts, tout de niveau se hausse à ce retour.
La haine s'évapore au soleil de l'amour.
Ton flot d'hommes, tombé dans la foule, mer gaie,
Jusqu'au champ de Mars s'ouvre, en une double haie
Qu'allongera tout siècle au talus du chemin
Où l'Humanité marche en te donnant la main.

LA GLANEUSE.

La Terre sent sa lèvre sèche
Se fendre à celle du Soleil,
Qui pompe en sa poitrine fraîche
Le désir humide et vermeil.

Hélas ! dans son amour prodigue
Notre nourrice se flétrit ;
Son sein généreux se fatigue
Et sa veine d'eau se tarit.

Le moissonneur a mis ses gerbes
En tas près des lourds chariots.
Sa veste fume sur les herbes,
Et lui s'étend pour le repos.

Qu'il dorme, le paisible athlète !
Ses bras font de l'ombre à ses yeux.
Il a la conscience nette,
Le sang pur, les reins vigoureux.

Toi qui guettais, pâle Misère !
Loin de tes trois anges dorés
Tu peux ramasser, jeune mère,
Les maigres épis égarés.

Avance ! — Un sommeil, pur de blâme
Et riche à ne rien envier,
Laisse passer la jeune femme
Qui n'a jamais su mendier. —

XVIII

La voilà qui cherche et se penche
Pour remplir son tablier noir
Aux deux bouts fixés sur la hanche
Depuis le midi jusqu'au soir.

Chaque fois qu'elle se relève,
La main pleine d'épis cassés,
On lit dans son œil bleu, qui rêve,
Le deuil de ses espoirs passés.

Avec son cotillon de serge,
Sa coiffe blanche, son col gris
On la prendrait pour une vierge
Que dieu chasse du paradis.

Voyez devant la beauté triste
S'arrêter trois muguets, de ceux
Qui tendent l'amour égoïste
A la Faim, qui pleure autour d'eux !

Le blé qu'on abandonne est rare
Dit le premier, ta pauvreté
Peut bien voler le riche avare,
Coupe dans le champ d'à-côté !

Le second : si tu veux me suivre,
Cher ange au bel air négligé,
Mon sort à ton désir se livre.
Partageons le bonheur que j'ai.

Sans se détourner, la glaneuse
Répond : j'ai trois enfants sans pain,
Et je ne me fais pas voleuse,
Et je ne vends pas mon corps sain.

XIX

L'innocence est une parure ,
Qui ne traîne pas dans l'égoût ,
Je m'en revêts ; la vie est dure
Mais le bon Dieu reste après tout.

O Consciences ! mères d'âmes ,
Qui du matin au soir glanez !
Entre les séducteurs infâmes
Et votre devoir —-choisissez.

LE DERNIER BANQUET.

FRAGMENT.

Le Malaise , l'Ennui , le Vertige , le Doute ,
Tous les Crimes, faucons qui connaissent leur route,
S'élevèrent, suivis des Vices , vieux corbeaux ;
Satan le fauconnier lâcha tous ses oiseaux.
L'Inconnu sous ses pieds vit monter les ténèbres
Et la comète ailée avec ses cris funèbres ; —
Il tressaillit. Enfin , dit-il , c'est le réveil.
Son invisible main éteignit le Soleil
Et dans sa région attira les étoiles.
Comme de grands vaisseaux sans pilotes , sans voiles,
Les Mondes dans leur course arrêtés , crurent voir
Le fond vague et tremblant de leur océan noir.

XX

L'air infect s'alourdit en condensant des âmes ;
Et comme un moribond que la peur refroidit
L'œil et le cœur fermés, l'Univers attendit.

La Mort surgit enfin, la main pleine de flammes,
Grande en l'espace, et dit :

                    « Tout ce que j'ai glacé
Je le réchauffe ; ainsi debout géants, atômes
Vivez ! trois jours de Dieu sont trente siècles d'hommes.
A mon dernier banquet, où s'assied le Passé,
Prenez place ! Néron présidera la fête.
Les mondes fléchiraient sous les piliers du Ciel
Et l'immense plafond vous briserait la tête,
Si vous répondiez mal à ce chef éternel.
Rome en feu n'éclairait pas plus qu'une bougie,
Allumez votre globe, ô peuples ! un tableau
Formidable a besoin d'un énorme flambeau.
Terreur, place à la joie ! et que de cette orgie
On sorte à se cogner aux angles de l'enfer.
Le squelette en poussière a retrouvé sa chair ;
Dans son ancienne peau l'âme juste ou mauvaise
Se r'habille aujourd'hui pour la dernière fois.
Echansons de tous temps, les convives sont rois ;
Servez ! Satan a fait des lits dans sa fournaise
Pour que l'ivresse trouve au sortir du festin
Des fureurs, qui n'auront jamais de lendemain.
Servez ! Voici Denis, Charles-Neuf, Alexandre,
Borgia, Henri-Trois, Christiern, Richard, Pisandre,
Commode, Phalaris, Tibère, tous les nains
Crus géants sur des monts de cadavres humains. »

. . . .

Juges, prêtres, tyrans, chefs, papes tout se mêle
Tout s'assied, et partout la lumière ruisselle ;
C'est splendide. Jésus est valet de Baal
Et le bien est encor sous les ordres du mal.
Vous disiez : le martyr du bourreau sera juge,
Et le fer vous montrait dans le Ciel un refuge ;
O fous ! la force avait raison, l'âme n'est rien ;
Le Ciel est vide, et tout ce qui fût bien est bien.
. . . .
Tantale a de sa chair nourri les Dieux augustes :
Nations, apportez les membres de vos justes !
Si la nature a fait l'homme et le pélican,
Elle a fait le brochet, le loup et le tyran,
Tous les monstres, ouvrant leur gueule affreuse et dure
Pour engloutir les fruits de leur amour impure.
Les cadavres d'ailleurs vont à qui les ont faits.
. . . .
Les femmes ne sont pas jalouses : Agrippine
Caresse Frédégonde et baise Messaline.
L'Adultère, collé dans le sang d'un mari,
A dit : un autre amour, et l'Inceste a souri ;
Jeanne montre la tête, et Lucrèce la gorge,
Et Cupidon dans l'ombre avec des bourreaux forge.
Brunehaut, Marguerite, et les Pallas romains
Et toute turpitude ont des airs souverains ;
Le plaisir a noyé la haine ; rien ne grince.
Le monstrueux brillant rit sur son plancher mince.
Comte, marquis, baron, prince, duc, petit roi
Qui fit un nœud de lois pour étrangler la Loi,
Tous sont en joie, et tous ont perdu la mémoire.
La Catherine a soif, Coligny donne à boire !
. . . .
Vous hommes de pudeur, de rêve, d'action,

XXII

Burrhus , Afer , Canus , Sénèque , Corbulon !
L'impératrice Honte et Poside et Narcisse
Sont là ; le fier sénat a loué leur caprice.
Claude , l'esclave lourd d'un eunuque empereur
Attend près de Félix. Qu'on serve la hideur !
Non , que la Liberté baise des pieds d'esclaves !
Vous hésitez vous purs , vous généreux , vous graves !
Ce n'est pas le moment ; le plaisir altéré
Dans Vitellius crie : un plein vase sacré !
Et sur Domitien qui rit, le Temps ricane.

Lucain , qui se tenait dans un coin, prit un crâne,
Celui de Thraséas , et regardant Caton ,
Pâle , mais fier encore il marcha vers Néron.
— Tiens , dit-il , bois ceci maître ; divin artiste !
Et Commode applaudit.

                     Le tyran sombre et triste
En tremblant répondit : que me donnes-tu là ?
— La liqueur qu'avant toi buvait Caligula ;
La même que versa ton orgie à plein verre
Et que tu fis tarir aux veines de ta mère.
— C'est du sang ! — c'est du vin pur, rouge et généreux ;
Il vient d'un sol fécond, qui fit peur à tes yeux
A tel point qu'on coupa la vigne par ton ordre.

Le monstre remua les lèvres pour se mordre ,
Et d'un geste farouche il repoussa Lucain.
Celui-ci , lui prenant le poignet d'une main ,
De l'autre lui rendit béante la mâchoire ;
Et roidissant sa force : — ah tu ne veux pas boire ,
Toi , qui désaltérais la terre avec nos fronts ,
Nos veines , notre chair fondus sous tes affronts !
Assez ! — Et dans les dents il lui brisa la coupe.

XXIII

Alors sur tous les fronts de la superbe troupe
La nuit revint, portant le frisson et l'éclair,
Et sous elle l'horreur s'ouvrit avec l'enfer.
Et tout fut balayé d'un coup de pied énorme
Pour reprendre au néant sa monstrueuse forme.

. . . . .

L'heure tremblait encore au grand cadran du Ciel,
Que la Mort, dernier monstre invincible, éternel,
Cria : j'ai triomphé, je suis reine du vide !

Mais en parlant ainsi le fantôme livide
Vit son maître, courbé sur son plancher d'azur,
Qui faisait un autre homme avec un limon pur.

LES DEUX RAYONS.

A ALFRED FEUILLET.

Jean, le rude menuisier,
   Plus fort se réveille ;
Il ouvre son atelier
   A l'aube vermeille.

Le soleil entre, en plongeant
   Dans ses yeux humides,
Mais ne peut en souriant
   Lui dorer ses rides.

XXIV

Sa chaleur , qui rend fécond
  Le cœur froid de l'arbre.,
Glisse sur ce triste front
  Comme sur du marbre.

Jean ne sait pas fuir le deuil
  Que le temps condamne.
Lui-même a fait le cercueil
  De sa chère Jeanne.

Depuis deux ans dans la nuit
  Sa pensée avance ;
Son jour trop vite s'enfuit
  Avec l'espérance.

Le temps élargit son cœur
  Comme un cimetière
Où le chagrin , fossoyeur,
  Lui montre une bière.

Il y croît bien des cyprès ;
  Les cheveux des saules
Encadrent bien des Regrets
  Aux maigres épaules.

Les douces illusions
  Chacune ont leur tombe ,
La feuille des passions ,
  Toute verte , y tombe.

Ce pauvre homme porte donc
  La mort de sa femme
Comme un sépulcre de plomb
  Dans le fond de l'âme.

XXV

Le voilà, rabot en main,
  Qui, sombre, se penche
Pour oublier son chagrin
  Et polir sa planche.

Au fond de l'alcôve un cri
  Tout-à-coup l'arrête ;
Et c'est son lutin chéri
  Qui montre la tête.

L'ange, que vient d'éveiller
  Le dard d'une mouche,
Est debout sur l'oreiller
  Au bord de la couche.

Les mains prises aux rideaux,
  Il rit et se cache
En faisant de petits sauts
  Pour qué Jean se fâche.

Mais celui-ci, plus ému,
  Ouvre son étreinte.
L'enfant s'élance, tout nu,
  Dans ses bras sans crainte.

Ses yeux bleus, ses doigts menus
  Et ses lèvres roses
Comblent, en passant dessus,
  Les rides moroses.

Regarde, ô Soleil levant !
  Le front de ce père
S'égaie aux mains d'un enfant.
  Qu'es-tu donc lumière ?

— La lampe du grand rêveur,
Qui lâche les causes ,
Pour voir l'effet dans le cœur
De l'homme et des choses.

A MARC.

Un homme, qui passait ce soir près du palais ,
Pâle, nous a jeté son crâne à la figure ;
Les mille pieds du peuple ont foulé son sang frais ,
Mais ses cœurs ont séché plus tôt que sa chaussure.

Tous ont dit : quel malheur ! et quelque temps après
Tous ont aux voluptés livré leur pourriture
Qui se fait pour la mort , et qui sera prou mûre
Quand le ver affamé naîtra sous les cyprès.

Mais personne ne songe à ce dernier convive.
O sépulcre ! il n'est plus d'âme qui nous survive :
On soufflette ta gueule ouverte qui dit : Dieu.

Pourtant ce suicide avait les yeux en feu ;
Et j'ai vu leur rayon qui montait. — Pourquoi faire,
Si l'on dédaigne au ciel l'atôme de la sphère ?

LE COURRIER DE DIEU.

Clouque, clouque dit la chouette,
Mais qu'est-ce que dit donc le vent,
Qu'il fait grincer la girouette
Et geindre ainsi mon contrevent ?

Quel est son but s'il a ses causes ? —
Qu'un feu pensant brûle en mon corps,
Puis-je croire à celui des choses
Dans leurs cris et dans leurs efforts ?

La plante pleure, l'arbre souffre,
L'herbe grandit, l'animal sent,
Tout vit et meurt. Qui sur son gouffre
Veut plonger ? l'homme seulement.

Pourtant le chien rêve, ô mon âme !
Il aime ; il porte aussi sa flamme... —
Mais qu'est-ce que dit donc le vent
Qu'il fait plaindre ainsi mon auvent ?

J'ouvris mon habit au sauvage
Pour le saisir à son passage ;
Mais lui, d'un aigre sifflement,
Me dit : que veux-tu faire enfant ?

XXVIII

Crois-tu que je livre à ta porte
Les secrets de ma mission ?
Ce sont des âmes que j'emporte
A leur juste expiation.

Leur désespoir, qui se cramponne,
A beau pousser un hurlement,
Il faut suivre : mon aile est bonne
Et le juge est impatient.

Lorsqu'on veut m'arrêter , je glisse :
Car la charge me fait horreur ;
J'ai hâte aux pieds de la justice
De déposer tant de laideur.

— Prends-moi ! l'enfer est où l'on pleure ,
Je souffre ici , courrier de Dieu !
— Non enfant , ce n'est pas ton heure ,
Il faut que ton cœur fonde. Adieu.

LA BOULE DE SERPENTS.

A M. GAURAIN-DESOUCHES.

Un voyageur pensif, doux, jeune mais austère
Suivait le vert sentier, qui mène au cimetière,
Pour faire agenouiller sa prière de croyant
Entre une tombe fraîche et le recueillement ;
Ses yeux, plongés en lui, ne voyaient que les arbres
Qui poussent infeuillus dans l'âme, entre les marbres
Taillés par la Douleur pour les illusions ,
Et les beaux rêves, morts avant les passions.
Il s'écoutait parler. La voix de la tristesse
Couvrait plus que jamais les cris de sa jeunesse :
« Souffrir des maux d'autrui c'est stupide ô Bonheur !
Voilà pourtant à quoi j'ai fatigué mon cœur ;
Dieu, conscience, amour qu'est-ce que j'en recueille ?
Vous le savez : ma vie aux vents amers s'effeuille.
Ses rameaux pour tomber n'attendront pas le soir,
Tant ils seront tordus par l'âpre Désespoir.
Ma Foi, prise à la gorge, a poussé bien des râles ;
Sang aux yeux, j'ai reçu le sable des rafales.
Hélas ! à tous les pas que l'on fait dans le sort,
Le Vice ouvre la gueule et la Haine vous mord.
Je vois des mendiants pour étaler leur plaie ,
Devant ma fierté triste épaissir une haie
Que n'ose pas franchir la modeste Pudeur.

XXX

O Devoir ! que voulait ma généreuse ardeur ?
Que demandait ma foi, s'ouvrant à l'espérance ?
Un peu plus de justice et moins d'indifférence.
Sans doute que le ciel m'a maudit; et pourtant
Mon Dieu ! l'émotion de mon cœur frissonnant
Je voudrais qu'elle serve, et que ma sève coule
Sur les douleurs de l'homme et le front de la foule. »

Le chagrin du jeune homme en pleurs s'allégissait,
Mais en marchant toujours son corps s'alourdissait ;
Si bien qu'en arrivant devant le cimetière
Il dût, avant d'entrer, s'asseoir sur une pierre,
Au pied du mur, fidèle à garder le néant.
A peine était-il là que l'Aquilon sifflant
Renversa près de lui la muraille vieillie,
En voulant traverser la lézarde agrandie.
Le voyageur, au lieu de fuir, resta pour voir
La ruine, et remplir son funèbre devoir :
Car il se trouvait plein de calme et de prières.

— Une minute après, en écartant les pierres,
Il sentit, d'un corps lisse et froid, ses doigts glacés ;
C'étaient des serpents noirs en boule entrelacés,
Qui, l'œil fermé, les nœuds l'air morts à s'y méprendre,
Attendaient un rayon pour s'ouvrir et s'étendre.
Loin de s'en effrayer, il s'assit de nouveau
Près de la boule inerte, en face d'un tombeau.

Qui porte en soi son dieu n'a pas de défiance.

Quoique le ciel fut triste, autant que le silence

XXXI

Qui se faisait alors dans ce lieu dangereux,
Le voyageur sentit s'appesantir ses yeux ;
Et bientôt la fatigue et la lourde atmosphère,
Qui pesaient sur son front, lui clorent la paupière.

Il ignore le temps que dura son sommeil ;
Mais en se réveillant, il vit que le soleil
Avait crevé la nue et ravivé la terre.
Il sentit les serpents, qu'il dédaignait naguère,
— Roulés autour de lui pour l'étouffer, — en nœuds
Tordre, roidir, crisper leurs corps longs et nerveux.
Il eut peur cette fois. Sa virile nature
Saisit à pleines mains cette horrible ceinture,
L'arracha de son corps en brisant sa vigueur,
Et la jeta par terre.

           Hélas ! s'il fut vainqueur,
Tout monstre, en le mordant, fit une tache noire.
Et le sang de son cœur coula dans la victoire.
Aigri par la douleur, il pouvait du talon
Broyer chaque reptile immonde. Il se dit : non,
Leur reste de venin m'irait à la figure.

Il se contenta donc de laver sa blessure.
Et les lâches serpents rampèrent vers les trous,
Où dort l'impunité de leurs instincts jaloux :
Ombre, boue et replis inaperçus, qu'on foule
Et qu'on sent, quand leur ruse à vos jambes s'enroule.

L'athlète fit courber sa croyance un instant
Entre la conscience et le Dieu, qu'elle sent.

XXIXI

Puis il brûla la plaie ouverte de son âme
Avec calme; et revint à cette noble femme
Qui lui donna le sang, le mépris, la fierté
Et l'honneur, sur lequel le Mal s'est édenté.

La cicatrice est faite, et son habit la cache;
Mais Calomnie ! il souffre encor, non que ta tache
Ne se soit d'elle-même effacée à ses yeux,
Il la garde quand même en son front soucieux.

———

AD TRES IMPROBOS.

Bonjour, rusés coquins! comme hier portez-vous
Vos venins, vos instincts d'aspics et de hibous?
Le reptile autrefois évitait le reptile;
Mais la haine se cherche et se baise, — plus vile
En rentrant un instant son vieil instinct, d'accord
Quand tintent les écus sur la pierre d'un mort.
Oh! les adroits voleurs! lorsqu'ils dressent la tête
Je vous trouve, forçats! quelque chose d'honnête :
Vous m'offrez des motifs, des regrets qu'ils n'ont pas.

Comme on se trompe à voir l'apparence d'en bas!
Ce front blanchi n'est plein que de noires pensées.

XXXIII

Couleuvres, que l'hiver n'a point encor glacées,
Elles rampent, pour fuir aussitôt qu'on les voit,
Mais en lançant toujours leur venin au cœur droit.
Ah mon stupide honneur! la montagne te cache
Ses antres, tu ne vois que sa crête sans tache.
En songeant à la neige, entre dans le roc noir
Croyant de l'innocence et lutteur du devoir!
Tu hurleras bientôt, bleui sous les morsures.
Dieu pour le monstre a fait les cavernes obscures. —
Il a fait l'impudeur aussi : ce fier pied-plat,
Que Thémis aurait dû frapper comme un forçat,
Ne se rappelle plus que la foule affamée,
Furieuse, a sifflé sa triste renommée
Quand par toute la ville il marchait enchaîné.
Créanciers! dites-moi pourquoi cet autre est né ?
Je veux parler de toi, qui salis en cachette
Chat-huant, aussi laid que la vieille chouette
Couvant ton infâmie, ô calomniateur!
Misérables! des trois quel est le plus voleur ?
. . . . .
Dites, dites cœurs bas, dont tout sentiment louche,
Bavez-vous des poisons encore à pleine bouche ?
Vous casse-t-on les dents d'un nouveau coup de loi ?
Que fais-tu trio lâche et vil, qui te tiens coi ?

LAMENTO.

Le phalène pleure,
Un baiser l'effleure,
    Il fuit ;
L'aimant le r'attire,
Il tombe, et la cire
    Le suit.

Cire, insecte, fièvre
Tout meurt sous la lèvre
    Du feu.
L'amour froid seul compte ;
Mais la flamme monte
    A Dieu.

Ainsi pour lumière
J'ai pris ta paupière,
    Beau front.
Stupide tendresse !
Une autre jeunesse
    S'y fond.

Mon âme aūtour d'elle
A brûlé son aile,
    O cieux !
Et j'ai vu le vide
Sous l'azur limpide
    Des yeux.

XXXV

C'est une statue
Vivante, qui tue
 La foi.
Sois maudite , ô femme
Qui souffle la flamme
 en moi !

. . . .

Ris ! l'indifférence
Voit mon espérance
 Mourir ;
Cette sensitive
Ne peut plus , naïve ,
 S'ouvrir.

———

L'AÎNÉ.

Je sais un foyer où rit la misère :
Trois oiseaux dorés gazouillent le jour
Et le soir en rond voltigent , leur mère
Emiette au milieu le pain et l'amour.
L'aîné n'est jamais un vilain qui pleure,
Lorsqu'il faut aller chez le vieux mentor ;
Je serai, dit-il, savant avant l'heure,
Il lit, quoiqu'il n'ait que quatre ans encor.

XXXVI

C'est charmant de voir retourner la tête
Au bambin, forcé de quitter son nid,
Pour sourire encore à l'âme inquiète
Qui le laisse aller seul et si petit.
L'innocence a Dieu, sûre est l'innocence.
Il revient plus gai quand tombe la nuit,
Mais au lieu d'entrer il guette, il avance,
Il s'arrête au seuil où son flambeau luit.

Ce n'est point qu'il aime à se faire attendre :
Il sait que des bras sont prêts à s'ouvrir;
Au cou de sa vieille il veut se suspendre
En faisant trois sauts sans la prévenir.
Il rit de la peur, ce méchant, qu'on couche
Seul et dans un coin, lorsqu'on a senti
La prière et trois baisers de sa bouche,
Payer en devoir le sort départi.

La veuve berçant ses frères sur elle,
S'étend, et son bras leur sert d'oreiller;
Les anges ainsi, leur ange à chaque aile,
Savent reposer, dormir ou veiller.
A peine s'éteint la lampe qui brille,
Le sommeil arrive, on n'entend que Dieu
Qui, pour regarder la jeune famille,
Entr'ouvre un instant son contrevent bleu.

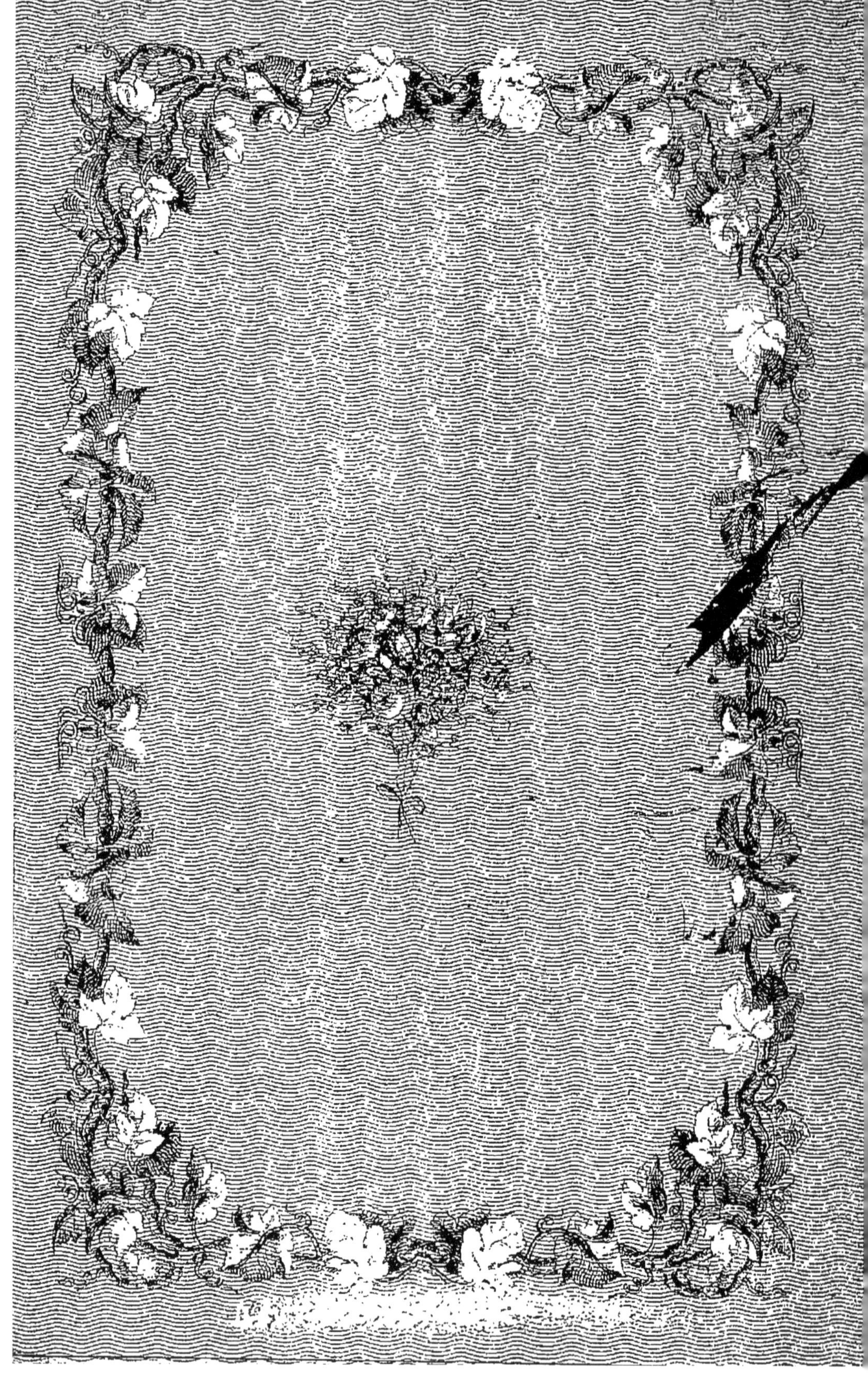